히말라야

히말라야

윤서주 시집

도서출판 바람꽃

시인의 말

첫 시집을 세상에 내보낸다
두렵고 떨린다

태풍 속을 스스로 헤쳐 나가기 위하여
더 이상 태풍에 휘둘리지 않기 위하여

힘들어도 한 발 더 나아가자
삶이란 늘 내딛지 않은 아득한 한 발 앞에 있지 않은가

좋은 시
정직한 시를 쓰기 위해
진실 곁에 머무는 용기 있는 시인이 되도록
노력하며 살 것이다

차례

시인의 말 ___ 5

1부

나도 가로등 하나로 서있고 싶다 ___ 14

볼펜 ___ 15

호수에 내리는 비 ___ 16

냉이꽃 ___ 17

삐져나오다 ___ 18

사막과 선인장 ___ 19

히말라야 ___ 20

기회 ___ 22

늙은 나무의 노래 ___ 23

밑바닥 ___ 24

관계의 무덤 ___ 26

지하철을 타면 ___ 27

신데렐라와 유리구두 ___ 28

들개 ___ 30

다시 돌아갈 수 있는 지점에서 ___ 32

시지포스 오디세이아 ___ 34

불을 켜지 마세요 ___ 36

2부

거대한 문 ___ 38

별밤 ___ 41

손톱 ___ 42

당신을 우러르는 내가 있습니다 ___ 42

천 번 만 번 되풀이 되어도 ___ 46

입춘 ___ 48

물고기와 바다 ___ 49

태풍 속에서 ___ 50

마음을 쓰자 ___ 52

박꽃 ___ 53

하얀 사슴 ___ 54

사랑의 마술 ___ 57

셋 ___ 58

따지고 보면 ___ 59

설탕 ___ 60

중독 ___ 61

뒷모습 ___ 62

3부

화산 ___ 64

거울도 사진처럼 ___ 65

갯벌에 누워있는 목선 ___ 66

꽃에 비하면 ___ 68

친구에게 ___ 69

인생의 파도 ___ 70

인연 ___ 71

나무 이야기 ___ 72

다시 월요일 ___ 73

마르크 샤갈의 전시회장 ___ 74

짝퉁세상 ___ 76

양파를 위한 변명 ___ 78

질투 ___ 79

희망을 희망함 ___ 80

뱀 ___ 82

소식 ___ 84

4부

그릇 ____ 86

어른이 되고 나서야 알았다 ____ 87

세상의 중심 ____ 88

구토 ____ 90

벽과 경계 ____ 91

하늘 ____ 92

새 문양 ____ 93

사이의 시간 ____ 94

한번 울었으니 됐어 ____ 95

우리 아버지 동옥 씨 ____ 96

파블로프의 개 ____ 99

지평선 ____ 100

사랑을 고백하러 갈 때처럼 ____ 101

커피를 마시는 이유 ____ 102

나무가 구불구불 자라는 것은 ____ 104

정물화 ____ 105

5부

그림자 ___ 108

모르는 번호 ___ 110

사골국물 ___ 112

성인식 ___ 114

지하철 종로3가역 ___ 116

친절에 대하여 ___ 120

모카커피를 마시며 ___ 121

헛물을 켜다 ___ 122

천사를 찾습니다 ___ 124

절구를 찧으며 ___ 126

시나위 ___ 128

간절한 것은 한 번으로도 충분하다 ___ 130

자장면을 먹으며 ___ 132

최선을 다하는 사람은 많다 ___ 134

여름에서 가을로 ___ 136

유언 ___ 137

해설 작은 풀꽃도 지레 지지 않는다 · 장영우 ___ 139

1부

나도 가로등 하나로 서있고 싶다

별처럼 먼 곳에서가 아니라
발 딛고 서 있는 이곳에서
고단한 밤길을 걷고 있는 이들 앞에
가로등 하나로 서있고 싶다

이리로 오라는 이정표가 아니라
당신보다 조금 앞서
이 길을 걸어간 이가 있었다는
흔적 하나로 서있고 싶다

절벽 저 아래에서 비틀거리면서도
계단 하나씩을 스스로 놓으며 올라오고 있는
나와 닮은 사람들 앞에서
나도 가로등 하나로 서있고 싶다

볼펜

너무나 오랫동안 쓰지 않아서인가
아직 새것인데도
잉크가 나오지 않는다

흰 종이에 마구 줄을 그어 댔더니
그제야 조금씩 나오다 말다
굳었던 몸을 풀어낸다

몸 안 가득 푸른 잉크를 품고서도
스스로 굳어가야 했던 볼펜은
그동안 얼마나 힘들었을까

잘 나오지 않는 불편한 시간을
잘 써지지 않는 답답한 시간을
볼펜이여 견뎌다오

호수에 내리는 비

빗방울 떨어지는 곳마다
동그라미 하나씩
동글동글 그려진다

작은 원들 작은 중심들이
호수를 가득 채우며
호수가 되고 있다

나도 이 세상에 비처럼 왔으리라
하늘 어머니 배 속에서 자라다가
진통하시는 날에

하늘을 열고 나왔으리라
어머니 빈 자궁으로 돌아가는 날까지
멀리멀리 깊이깊이 적시고 가리라

냉이꽃

버스정류장 귀퉁이에
하얀 냉이꽃이 피더니
밤이 되어도 지지 않는다
이렇게 추운데
작은 잎으로 언 땅을 짚고
겨울을 녹이며
꽃대를 뽑아 꽃을 피우고는
찬비가 오고 바람이 불어도
지지 않는다
떨어지고 꺾일지언정
스스로 지기 전까지
작디작은 풀꽃도
지레 지지 않는다

삐져나오다

나무가 잘려나간 그루터기
그 가장자리를 빙 돌아서
잔가지들이 삐져나왔다
굵은 줄기도 아니고
거목도 못 되겠지만
포기란 없다는 듯
생명이 삐져나왔다
삐져나온다는 건
가득 차있다는 것
주검처럼 보여도
이렇게 살아있다고
나무로 가득 차있다고
그루터기의 절규가 삐져나왔다

사막과 선인장

작고 예쁜 선인장을 책상 위에 올려놓고
맛보기용 사막만 보아오다가
그랜드캐니언 가는 돌사막에서
야생의 선인장을 본다

비탈진 벽에 거꾸로 매달려
응당 있을 곳에 있는 자의 위엄으로
솟구치는 노란 가시를 힘차게 뻗어
아득한 계곡 끝 까마득히 먼
콜로라도강까지 닿으려는

그래 이런 거지
산다는 건 이런 거지
그래 그래서
진짜 아닌 게 없는데도
화분 속 선인장에는 사막이 없었던 거야

히말라야

어느 날
뾰족한 돌 하나가 만들어집니다
신의 실수입니다

돌은 시간의 수레바퀴 속으로 던져집니다
아무리 울퉁불퉁해도 거기만 거치면
동글동글해집니다

돌은 역경의 골짜기를 구르며 생각합니다
신이 원하시는 동그란 완벽보다
자기다운 뾰족함이 좋다고

뾰족하게 살려면
신의 사랑은 포기해야 합니다
돌은 마음의 거울인 고독에게 묻기로 합니다

그때 주변을 서성이던 두려움이 다가옵니다
자신 있어? 할 수 있겠어?
불안도 슬그머니 돌의 어깨를 짓누릅니다

자신을 믿어봐
언제나 처음은 두려운 거야
작고 나지막한 고독의 소리도 들려옵니다

돌은 몸부림칩니다
때로는 두려움과 불안으로
때로는 더욱 뾰족해지기 위하여

어느 날
뾰족한 돌 하나가 세상에 나옵니다
신이 보시기에 좋았습니다

기회

기회는 쓰러짐으로 온다
기회는 넘어짐으로 온다
절망을 가르며 기회가 찾아온다
넘어졌을 때
어떡하든 일어나려 하기보다
조용히 홀로 바닥을 보라
거기 그대가 버린 씨앗이 있다
얼어붙은 겨울과 말라붙은 여름을 견뎌내고
그대라는 태양을 기다려온 씨앗이 있다
그와 함께 땅에 뒹굴라
그와 함께 일어나라
땀으로 눈물로 키우며 솟아나라

늙은 나무의 노래

위로 위로만 곧게 곧게 자라고 싶었지만
때로는 휘어서 때로는 굽어서 가야 했어

풍상에 꺾였다기보다 풍상으로 강해지며
그 방향 그 의지 결코 잊은 적이 없었지

곧게 쭉 뻗은 시원한 길들도 아름답지만
난 굽이굽이 걸어온 이 길을 사랑한다오

밑바닥

바다에 있지만
물고기도 물풀도 아니다
바다를 받치는 바닥
바닥 중의 바닥
바다가 바다인 것은
깊어지고 깊어져 모든 걸 품어주는
바닥이 있기 때문이다

산에 있지만
산짐승도 들꽃도 아니다
산을 받치는 바닥
바닥 중의 바닥
산이 산인 것은
낮아지고 낮아져 모든 걸 받쳐주는
바닥이 있기 때문이다

바닥을 사는 일은

삶의 끝이 아니라

시작을 사는 일

벌거숭이로 다시 태어나는 일

바닥이 두려운 것은

바닥을 바닥이게 하는

밑바닥이 없기 때문이다

관계의 무덤

무덤에는
죽은 것만을 묻어야 하는데
사랑의 기억까지 함께 묻고는
긴 시간 무덤가를 서성인다
상처만 생각하면 용서가 힘들더니
자기가 준 것보다
더 큰 상처를 내게 받고도
말없이 품어준 당신의 사랑이
어느 고대 왕족의 무덤에서처럼
시간의 거름망을 견뎌내고
유물처럼 쏟아져 나온다

지하철을 타면

지하철을 타면
목적지에 도착해야만
밖으로 나갈 수 있다고
나는 아무런 생각 없이
생각하고 있는 것이다
학교역을 내려서 곧장
취업역으로 갈아타고
최소시간 최소환승
최소거리를 검색해가며
목적지를 향해 의심 없이
땅속을 달려가고 있는 것이다

신데렐라와 유리구두

열두 시가 지나고 새날이 시작될 때
가짜로는 내일을 열 수 없기에
마술에 걸렸던 것들이
원래의 모습으로 돌아가고 나서도
유리구두는 그대로 남았다
가짜가 사라졌을 때 남아있는 것
그것이 진짜다

신발은 바로 그 사람의 발자취
누군가의 등에 업혀오지도
누군가의 짐에 얹혀오지도 않은
발을 가진 자의 의지로
어제에서 오늘로 걸어온 고난의 기록
만들어준 것이 아니라 만들어진 것이기에
유리구두는 아무나의 것이 아닌
신데렐라만의 맞춤형 구두가 되었다

거짓으로 빛나던 것들이 사라지고

진실이 모습을 드러낼 때

나는 무엇으로 남아 있을까

시계가 자정을 지나가고 있다

열두 번의 종이 다 울릴 때까지

도망치지 않겠다

삶은 사라진 것이 아니라

남아있는 것에서 시작되는 것이기에

가짜로는 내일을 열 수 없기에

들개

한때는 나도 꼬리치며 살았어
사랑받기 위해 노력하는 게 죄는 아니니까
때가 되면 알아서 씻겨주고 먹여주고 입혀주고
이런 게 행복이라 생각했던 적도 있었어
부족함이 없는 생활
편했지만 편하지 않았어
목줄을 끊고 들개가 되었어
목줄이 끊기니까 밥줄도 끊기더라고
자유로운데 배가 고파
그럴 때는 밥이 곧 자유라 생각되기도 했지만
내 힘으로 먹이를 구하고
주린 배를 채웠을 때의 자긍심은
그 무엇과도 바꿀 수가 없었어
밥의 무게를 생각하면
목줄에 매여 사는 개들도 이해해
밥값은 그렇게 비싼 거니까

사람들은 이제 들에서 나를 만나면

두려워해

대등해졌거든

다시 돌아갈 수 있는 지점에서

얼마를 왔을까
조용히 뒤를 돌아본다
출발지에서 그리 멀지 않은 지점
다시 돌아갈 수 있는 지점이다
이번에도 그 많은 시도 중 하나로 그칠까 두려워
조금 더 가보기로 한다

얼마를 더 왔을까
조용히 뒤를 돌아본다
아깝기는 해도
다시 돌아갈 수 있는 지점이다

이제는 나의 길을 가겠다고 결심을 하고
굳은 결심을 하고 나선 길
어디까지 가면 돌아보지 않을까

어느 막막하던 날에 다시
조용히 뒤를 돌아본다
조금 멀리 왔어도
여전히 다시 돌아갈 수 있는 지점이다

목적지에 이르기 전까지는 모든 길이
다시 돌아갈 수 있는 지점이라는 걸 알기까지
언제고 돌아보면 언제나 나는
다시 돌아갈 수 있는 지점에 서있었다

시지포스 오디세이아

처음에는 삶이 돌에 있는 줄 알았어
밀어붙이는 것에 있는 줄 알았어
그러니까 돌이 저 아래로 굴러 떨어지면
마음도 같이 굴러 떨어졌던 거야

벅찬 것들은 그런가 봐
늘 자기보다 무거운 돌이 굴러 내리면
희망의 무게만큼 절망도 깊어졌으니까
가벼운 것이었다면 그럴 일도 없었겠지

반복은 무서운 것이었어
수시로 무릎을 꿇을 만큼
계속해서 돌을 굴리다 어느 날 알게 되었어
삶은 돌이 아니라 기꺼이 다시 내려가
그 돌을 밀어 올리는 나에게 있다는 걸

거대한 희망의 돌덩이를 굴리며
절망의 깊은 쓴맛도 맛봐야 했지만
결단코 돌을 포기하지 않았다 말하고 싶어
절망이 희망의 그림자라는 걸 알게 되자
돌은 형벌이 아니라 도전이 되었다고

불을 켜지 마세요

불을 켜지 마세요
위로가 내려와 감쌀 수 있게요
상처도 때로는 붕대 속에서 아물잖아요

불을 켜지 마세요
눈물이 내려와 씻을 수 있게요
하늘도 때로는 울고 나서야 웃잖아요

불을 켜지 마세요
내 발로 일어나 밝힐 수 있게요
아침은 언제나 스스로 밝아지며 오잖아요

2부

거대한 문

특별한 존재가 되고 싶다
포부를 지닌 젊은이가 있습니다
젊은이는 위대한 영웅들의 발자취를 따라
모험을 떠나기로 합니다

산을 넘고 강을 건너고 들을 지나
날이 가고 달이 가고 계절도 갑니다
영웅의 길은 멋지기는커녕 고생스럽기만 합니다
젊은이는 지쳐갔지만 아직 포기하기는 싫습니다

그때 거대한 수직의 벽이 눈앞에 나타납니다
젊은이는 뒤로 물러나 영웅의 발자국을 찾습니다
영웅들의 발자국도 거기서 끊겨있습니다
돌아갈 이유가 생겼습니다

젊은이는 마을로 돌아와 정착합니다

그 후로도 몇 번의 모험을 더 감행하지만
거대한 벽 앞에서 다시 돌아와야 했습니다
젊은이의 모험은 끝이 납니다

세월이 흘러 젊은이는 노인이 됩니다
젊은 노인은 한 번 더 벽 앞에 서보고 싶습니다
노인이 된 젊은이가 벽을 바라봅니다
이렇게 벽을 응시했던 적이 있었나 싶습니다

그때 벽 중간쯤에서 무언가 반짝 빛이 납니다
문고리입니다
벽이라 생각했던 것이 사실은 문이었던 것입니다
문에는 영웅들이 오른 수많은 자국들이 있습니다

노인이 된 젊은이는 고민합니다
나는 아직 저 문고리까지 오를 힘이 있는가

너무 늦어버린 것은 아닌가

거대한 벽이 노인이 된 젊은이 앞을 막아섭니다

별밤

밤에 뜨지 않는
단 하나의 별이

까아만 밤을
만들어놓고

닳은 별들로만
어두운 하늘을

가득히
채워놓았네요

손톱

산봉우리 같은 손 봉우리를
며칠째 깎지 못해
산처럼 끌고 다닌다
발톱과 달리 손톱의 무게는
손끝부터 시작하여
등짝까지 번지는 걸 보면
온 산이 기를 모아 손톱을 키우나보다

무거움
그것은 생존의 무게
숨통을 끊고 배를 가르고
먹이를 거머쥐던 손톱의 전성시대
제 손으로 주린 배를 채우며
스스로를 지켰던 때의 자긍심

자력의 먹이 활동을 포기하고

안전을 위탁하고부터
인간은 손톱을 자르기 시작했다
무기가 약해지자 힘도 따라 줄었지만
그래도 손톱은 포기를 모른다

끊임없이 잘리고 잘려도
끊임없이 손톱이 솟아나는 것은
어쩌면 우리 안에 여전히
산처럼 거대한 원시의 힘이
꿈틀대기 때문은 아닐까
그 힘을 쓰라고
매일매일 자라는 것은 아닐까
그렇지 않고서야 곧 잘려나갈 손톱을
온 산이 온 힘을 기울여 키울 이유가 없지 않은가

당신을 우러르는 내가 있습니다

세상이 당신을 모욕하려 하여도 그럴 수 없습니다
세상이 당신을 조롱하려 하여도 그럴 수 없습니다
어디에 있든 당신을 우러르는 내가 있기 때문입니다

순간의 열정이 아니라
함께한 시간이 그렇다 말을 합니다
당신은 나를 성장시켰습니다

자신을 믿는다는 건 무엇일까
어느 날 당신이 물었습니다
자신의 강함이 아니라 자신의 선함을 믿는 거라고
나는 당신의 뒷모습을 보며 배웠습니다

모욕과 수모의 광풍이 몰아칠 때면
호수 같은 당신의 수면이 출렁이는 걸 느낍니다
그래도 당신의 내면 깊숙이까지 이르지는 못합니다

시련은 왜 우리를 이리도 끈질기게 따라다닐까
생각했던 적도 있습니다
그러나 감사하게도
이것은 나의 것도 당신의 것도 아닌
어느 새 우리의 것이 되어있었습니다

당신과 함께할 것입니다
당신 없는 삶은 상상할 수 없습니다
그러다 당신이 먼저 죽으면 내가 묻어줄 것입니다
당신만큼 나를 감동시킨 이는 없었다 말할 것입니다
당신으로 인하여 선함으로 강해졌다 말할 것입니다

천 번 만 번 되풀이 되어도

시를 쓸 때
꽃이라는 명사 앞에
아름답다는 형용사를 붙이면
식상해진다고 합니다
밤하늘을 수식하는 어둡다는 표현처럼

그러나 어찌
사랑하는 당신을 당신이라고만
부를 수 있겠습니까
조금은 식상해도
사랑하는 당신이라고 부를밖에요

백야를 보내고 있는 사람에게는
어두운 밤이 식상하지 않을 것입니다
벌과 나비가 날아드는 꽃이 아니라
파리를 끌어들이는 시체꽃을 본다면

아름다운 꽃은 식상하지 않을 것입니다
사랑하는 사람에게는
사랑하는 당신이 식상하지 않은 것처럼

꽃을 보며
'아, 아름답구나' 하는 경탄은
천 번 만 번 되풀이되어도
식상하지 않습니다
내가 당신을 부를 때
사랑하는 당신이라 부르는 것을
지겨워하지 않는 것처럼
무언가가 식상해졌다면
그것은 표현 때문이 아니라
마음이 보이지 않아서겠지요

입춘立春

굵은 밤색 코르덴바지에
진노랑 개나리빛 카디건을 입고는
형광등을 간다고 책상 위로 올라가고 있었지
그게 첫 모습이었는데 무척 낯이 익었어

어디서 많이 본 듯한 얼굴이어서가 아니라
전생의 어디쯤에서 만났을 것 같은 느낌으로

나도 모르게 미소가 배어 나왔어
긴 겨울을 지나 봄에 당도했다는 걸
본능적으로 알았던 거야
허락도 없이 담장을 넘어 핀 개나리꽃처럼
마음에서 겨울을 꺼내고 봄을 넣어주었던 거야

물고기와 바다

나는 물고기인가 봐
너는 넓은 바다이고

너 없이는 한순간도
살 수 없는 걸 보면

네 안에서만 이렇게
자유로운 걸 보면

태풍 속에서

당신은 지금 태풍의 중심에서
걸어 나가고 있습니다
더 큰 비바람을 만나게 되겠지요
나는 당신의 등을 밀어주지 못하고
태풍 속으로 빨려들고 있습니다
텅 빈 미소나 공허한 격려가 아니고
단단한 밧줄이고 따뜻한 우비이고
당신에게 필요한 그 무엇이어야 하는데
숨 막히게 고요한 태풍의 중심에서
중심을 잃어가고 있습니다

폭풍우가 휩쓸고 간 뒷산에서
도토리나무가 지난밤 쓰러지며
소나무를 쳤습니다
도토리나무는 소나무에 기대어 살았지만
소나무는 몸을 반으로 꺾으면서도

도토리나무를 받쳐주고 있습니다
두렵습니다
약해지는 내가 당신을 쓰러뜨리게 될까 봐
무섭습니다
당신에게 기대어 살게 될까 봐

당신을 위해 제일 먼저 할 일은
강해지는 거란 걸 깨닫습니다
당신과 나란히 서있기 위해
홀로 서있을 수 있어야 합니다
당신이 태풍을 뚫고 나갈 때
당신의 짐이 될 수는 없으니까요

마음을 쓰자

사랑은 무엇입니까
마음을 쓰는 것입니다

시란 무엇입니까
마음을 쓰는 것입니다

마음을 쓰는 건 무엇입니까
몸을 쓰는 것입니다

박꽃

널찍한 초록의 넝쿨이불을
지붕 가득 펼쳐놓고

달님을 연모하여
밤에만 피는가

뜨거운 한낮의 열기가 아니어도
조용하게 사랑하고 있다고

수줍어도 고개를 들고
온밤을 하얗게 지새우더니

어느 날 보름달을 닮은
둥근 박을 낳아놓았네

하얀 사슴

올 시간이 한참 지났는데도 오지 않는 널
찾아갔던 날 오후
청천벽력 같은 소리를 들었어
나 이제 너한테 가지 않을 거야
너도 오지 마
그때 하늘이 무너져 내렸어
버려지고 나서야
네가 주었던 세상의 아름다움도 알았어

너는 안개비와 안개꽃을 사랑하고
사슴을 닮았다 했지
네가 정말 사슴이라면 너는 분명
한라산처럼 큰 산을 오르는
하얀 사슴이었을 거야
가슴에는 강물이 흐른다고도 했지
그 물줄기가 돌아 돌아서

내게로 흘러들었을 때서야 너의 우정이
사랑만큼이나 깊은 거란 걸 알았어
어디서나 눈에 확 띄던 네가
유독 긴 목으로 목이 짧은 나를 놀려대던 네가
그렇게 깊은 마음을 주었다는 걸 몰랐어
너는 늘 먼저 찾아와준 사람이었으니까

졸업식 날 꽃을 들고
교문에 서있던 너를 외면했어
간절했던 마음만큼 네가 미워지기 시작했거든
그렇게 너를 그곳에 세워두고
나만 혼자 흘러왔어
어떻게 우리는 우연으로라도 마주치는 일 없이
그 긴 시간을 살아왔을까
이제 남은 건 단체사진 한 장뿐인데

너는 그곳에서 여전히
사슴 같은 눈으로 웃고 있구나

사랑의 마술

처음에는
내 맘대로 하고 싶더니

나중에는
네 맘대로 하고 싶다

사랑은 마술이구나
내 맘을 네 맘으로 바꾸는

셋

둘은 마음이 너무 잘 맞아서
둘이만 있어도 온 세상이
가득 찼어

하나는 친구에게 상처를 주고
하나도 친구에게 상처를 주고
둘이 만났어

셋은 다함께 보자고 했지만
둘은 서로만 바라보느라
미안해 셋이 될 수 없었어

따지고 보면

따지고 보면 미워할 일도 아니다
따지고 보면 원망할 일도 아니다
누군가 대신 해주기를 바라는
기대에서 생긴 마음이다
애쓰지 않고도 저절로 되길 바라는
요행에서 나온 마음이다
시비를 가리려면 못할 것도 없지만
더 깊이 따지고 보면
책임을 벗으려는
무책임이 만든 마음이다
따지고 보면

설탕

네 덕분에 커피의 쓴맛도 즐기게 되었다
네가 나의 삶 속으로 녹아들 수 있다면
인생의 어떤 쓴잔도 두렵지 않겠다

중독

그는 술이고 담배고 커피다
그는 도박이고 마약이고 게임이다

그것 없이는 잠시도 못 살 것 같아도
살아지는 것

무엇이든 끊을 때는
단번에 해야 하는데

그는 여전히
알코올이고 니코틴이고 카페인이다

늪 같은 그를
적당히 좋아하는 법을 모르겠다

뒷모습

앞모습만 보여주는 나를
나무라듯이 너는
뒷모습을 찍은
사진을 보내왔다
좀처럼 피지 않는 생활과
당장의 근심
늦춰지고 있는 꿈
가슴을 한바탕 휘젓고는
제풀에 가라앉은 인간사를
앙금처럼 켜켜이 쌓아두고
뒤로만 미루어두었더니
이런 모습을 하고 있었구나
보여주지 않아도 너는
이런 나를 보고 있었구나

3부

화산

분노는 저렇게 폭발하는 것이다
위로
더 위로
저것이 분노의 방향이다

거울도 사진처럼

거울도 사진처럼
거짓말을 한다

각도에 따라 위치에 따라
말을 바꾼다

보인다고 다
진실이 아니다

갯벌에 누워있는 목선

자기 힘으로 떠있다 생각했는데
목선을 띄워준 것은 바닷물이었다
밀물이 오면 바다로 떠날 것이다

첫 번째 밀물이 찾아왔을 때
목선은 떠나지 못했다
먼 바다가 몹시도 두려웠으므로

두 번째 밀물이 찾아왔을 때도
목선은 바다로 떠나지 못했다
기둥에 몸이 묶여있었으므로

목선은 세 번째 밀물을 기다렸다
이제 남은 생은 바다를 누비다
바다로 돌아가리라

드디어 세 번째 밀물이 찾아왔고
그러나 목선은 바다로 떠나지 못했다
바닥이 썩어 더는 뜰 수 없었으므로

꽃에 비하면

꽃에 비하면
나무는 영원입니다

나무에 비하면
하늘이 영원입니다

삶에 비하면
죽음이 영원입니다

만남에 비하면
이별이 영원입니다

당신이 내게
피었다 가는 이유입니다

친구에게

오늘은 가을 들판에서
마른 갈대를 꺾어다
방안 가득 채웠어
낙엽이 소복이 쌓인 오솔길은
너와 걷고 싶어
그날 이후로 항상
어딘가를 헤매고 있는 건
네가 갔을 때
너를 따라간 세상 때문이야
이제는 돌아와 주겠니

인생의 파도

밀어내고 밀어내어도
끊임없이 밀려오는
인생의 파도여

피하고 피하여도
계속해서 찾아오는
인생의 파도여

아무리 그래도
도망칠 수 없다
말하는가 파도여

겁주려는 게 아니다
인생의 바다로 나가자
데리러 오는 것이다

인연

"저…… 쌍화차 한잔 하실래요?"
계단에서 마주치던 남자가 어느 날 말했어요

"나는 쌍화차 안 마셔요!"
쌍화차라니, 여자는 남자가 촌스러워 싫었어요

둘의 인연은 쌍화차가 갈라놓을 만큼 약했고
쌍화차는 둘의 인연을 틀어버릴 만큼 강했죠

시간이 흐르고 쌍화차를 보자 여자가 생각해요
'만약에 그것이 커피였다면…….'

쌍화차는 둘의 인연을 무참히 갈라놓았지만
다른 방식으로 둘을 이어주고 있었어요

나무 이야기

내가 아름다운 꽃을 피운다고 해서
꽃을 피우기 위해 사는 건 아니야

내가 풍성한 열매를 맺는다고 해서
열매 맺기 위해 사는 것도 아니야

기적 같은 나의 탄생에 감사하며
살아있음을 누리기 위해서야

내가 꽃과 열매와 상관없이
해마다 높아지고 깊어지는 이유야

다시 월요일

일상의 시작
떼 지어 버스를 타고
지하철을 타고
이리 밀리고 저리 밀리고
떼거리로 움직이다
하나의 월요일이 가도
다시 월요일
계속 다시는 다시 오고
계속 다시가 다시 오니
인생도 다시 올 것 같은
착각이 든다
월요일
떼로 움직이다
하나의 인생이 가도
다시 월요일
계속 다시는 다시 오겠지

마르크 샤갈의 전시회장

너무나 많은 관람객들로 인하여

조금씩 지쳐갈 때쯤

바로 앞에 있던 한 아이의 칭얼거림

"엄마, 이제 그만 보면 안 돼?"

(엄마, 아이의 귀에 대고 낮은 소리로)

"이 자식이, 어디서…… 너는 이래서 안 되는 거야,
자식아."

(금세 기가 죽는 아이)

"잘 봐봐. 뭐가 보여?"

(아이, 쭈뼛쭈뼛 아무 말도 못한다)

"닭 찾아봐, 닭! 닭 어딨어?"

"(아이, 손가락으로 가리키며 작은 소리로) 쩌-기."

"그렇지, 잘했어. 그럼, 저-건 무슨 색깔이야?"

"빨간색."

"그래, 그렇게 보는 거야. 인내심을 가지고 하나씩,
하나씩, 다음……."

그렇게 샤갈은 전시회장에서 조금씩 닭이 되어갔다
세계적으로 유명한 화가의 작품을 감상하기 위해
아이의 손을 잡고 온 어른들
느끼기 위해서가 아니라 배우기 위해
느낌도 배우고 감동도 배우고
모두가 느끼는 방식으로 느끼기 위해
일렬로 줄을 서서 닭을 찾는다

짝퉁세상

하나의 세상을 아홉이 열망해서
아홉들이 만든 세상
분노는 삭혀져 선망이 된 세상
하나같이 하나가 되고픈 아홉들은
짝퉁세상을 이끌어가는 주역
그들은 짝퉁세상에서 짝퉁을 걸치고
명품의 가면을 쓴다

하나가 아홉을 보아주지 않아도
아홉끼리 이끌어가는 세상
아홉이 아닌 하나를 향한 세상
추락해도 하나의 바닥에서 뒹굴고픈 아홉은
진짜 같은 짝퉁을 걸치고
진짜 짝퉁이 되어간다

결코 얼굴을 보이지 않는 달의 뒷면을 떠나

전면에서 빛나고픈 아홉들의 세상

짝퉁으로 빛을 내며 허기를 달래는 세상

행성이 될 수 없는 영원한 위성의 비애

그들은 그럴듯한 가짜라도 되고 싶어

남을 속이듯 자신을 속인다

양파를 위한 변명

처음부터
진심이었어
이 모습 그대로
믿어주지 그랬어
그랬다면
눈물을 흘리는 일은
없었을 텐데

질투

가지를 반대쪽으로 살짝 틀고는
속삭이는 햇살의 이야기에

흰 토끼의 쫑긋한 귀를 닮은
아홉 개의 꽃잎을 곧추세우고

나의 찬사 따위에는 아랑곳없이
폭 빠져있는 목련꽃이여

희망을 희망함

우리는 너무도
희망적인 사랑에 익숙해져 있다

우리는 너무도
희망적인 미래에 익숙해져 있다

인생은 늘
꿈꾸는 자들의 것이라고도 했다

희망 앞에서는
절망조차도 희망적으로 보였다

우리가 진실을 보지 못하는 것은
너무나 희망적이어서다

무엇을 희망하든 우리는

달콤한 절망에서부터 벗어나야 한다

뱀

나는 뱀이 무섭다

흉측한 모습으로 끊임없이

인간의 주변을 맴도는 그 독함이 무섭다

사랑해서 그랬다며

십자가에 못 박혀 죽고 나서

이천 년을 매달려 내려오지 않고 있는 예수처럼

언제고 희생의 대가를 요구해올까 무섭다

사랑은 놓아주는 거라고

창조주의 울타리를 넘다가 다리가 잘리고도

몸뚱이로 기어이 기어 나가버린

신조차 끝내 복종 받기를 포기한 유일한 피조물의

고독한 자유가 무섭다

적당히 복종하고

적당히 자유롭겠다는

인간을 비웃기라도 하듯

자유를 갈망한 원죄 따위 우습게 여기며

천 번을 밟으면 천 번을 물어뜯겠다고

혀를 날름거리는

살신적 비타협이 무섭다

소식

기다려도 안 오는 것이 아니라
오지 않는 것을 기다렸다
기다리기만 하면 오는 것을
기다리는 일은
그래도 쉬웠다
기다리는 모든 것이 온다면
얼마나 좋을까
기다림이 소용없는 지경이 되어도
기다림을 멈출 수가 없다
하나하나 쌓아 올린 돌탑의 윗돌이
저 아래로 굴러 떨어지고도
기다림이 멈춰지질 않는다
소식은 오지 않고
기다림은 숙명이 되었다

4부

그릇

고추장을 담은 고추장항아리
된장을 담은 된장항아리
꿀을 담은 꿀단지
화초를 담은 화분
빵을 담은 빵봉지
밥을 담은 밥공기
이렇듯 사랑은
보석이 아니라
보석함이 되는 것
보석을 위해서만 태어나고 존재하지만
가두지 않고 품는 것
언제고 비워짐을 견뎌내는 그릇 같은 것

어른이 되고 나서야 알았다

어른도
상처받을까
거절당할까
두려워한다는 걸
어른이 되고 나서야 알았다

어른이 되어도
자유롭지 않다는 걸
용감하지 않다는 걸
어른이 되고 나서야 알았다

어른이 되면
어른만 되면
다 되는 줄 알았던 것들이
어른이 되어도 그렇지 않다는 걸
어른이 되고 나서야 알았다

세상의 중심

세상의 중심이
내가 아니라는 것을 아는 데는
그리 오랜 시간이 걸리지 않았다

그 사실을 깨달았을 때
나는 중심을 잃고서
세상 속으로 휩쓸려 들어갔다

세상에서도 중심을 찾아 헤매었지만
어디에도 내가 찾는 중심은 없어서
이리저리 쓸려 다녔다

바람에 날리는 풀씨처럼
어딘가 뿌리내리고 싶다 갈망하면서
어디든 뿌리내려야 한다 조급해하면서

세상의 중심이 내가 아니어도
나의 중심은 나라는 것을 아는 데는
생각보다 꽤 많은 시간이 걸렸다

그 사실을 깨달았을 때
세상의 중심이 보이기 시작했다
별만큼 많은 중심들로 이루어진 세상이

구토

속이 울렁거리고
신물이 올라온다

세상에 섞여보려
굽어지는 마음을

도저히 품지 못해
몸이 발작을 한다

배수의 진을 치고
온몸으로 막는다

벽과 경계

놓일 곳에 놓는 것이 아니라
놓고 싶은 곳에 놓아
벽이 생긴다

놓고 싶은 곳에 놓다 보면
놓일 곳이 희미해져
경계가 무너진다

사람들 사이에도 벽과 경계가 있어
경계는 문을 만들며 서지만
벽은 틈을 벌리며 선다

하늘

너는 허공이라 불리기도 해 뒤에서는 공허한
무심하다는 원망도 많이 들어
그러면서도 일생에 한 번은 오르고 싶어 하지

새 문양

몸이며 꼬리며 부리에 눈까지
이끼의 솜씨인지 진흙의 장난인지
폭신한 우레탄 바닥 얼룩들 속에
완벽한 새 한 마리 내려앉아 있다

우연에 우연에 우연에 우연에
우연에 또 우연의 일치를 거쳐
불가능과 얼룩의 불확실성 속에
기막힌 필연 한 마리 탄생해 있다

사이의 시간

네가 올 수도 안 올 수도 있는 설레는 시간
그럴 수도 아닐 수도 있는 떠있는 시간
이것도 저것도 아닌 어중간한 시간
뼈와 뼈 사이의 연골의 시간
완성도 미완도 아닌 잉태의 시간
사람과 사람 사이의 그리움의 시간
넋 놓고 앉아 생각하는 시간
고백을 할까 말까 망설이는 시간
너의 답을 기다리는 가슴 벅찬 시간
내가 네게로 가는 시간
이름 없는 시간
잃어버린 시간

한번 울었으니 됐어

크게 한번 울었으니 됐어
인생은 슬픔에 빠져있게 하지 않지
이미 나은 상처도 슬픔은
덧나게 하는 재주를 가졌지
폭풍이 칠 때는 상처를 돌볼 수 없다네
삶은 그런 거야
상처를 돌볼 틈이 없지 폭풍이 몰아칠 때는
그리고 폭풍우 없는 날은 드물다네
그러니 크게 한번 울어주고 가자고
사람들이 왜 서서 우는 줄 아는가
울면서 멀리 갈 수 없으니까
두 눈이 앞을 향하듯
삶은 뒤로 가는 법을 모르지
살아갈 이유를 늘 앞에 두거든
걱정 말게나
아픔이 남아서 그대와 함께할 테니

우리 아버지 동옥 씨

우리 아버지 동옥 씨
동옥 씨가 돌아가셨다
긴 가뭄에 쩍쩍 갈라진 논바닥 같은 발뒤꿈치로
어둠을 밟고 가셨다
간다는 인사도 없이

동옥 씨- 하고 부르면
예끼- 하면서도 싫어하지 않던 아버지
그가 서 있던 창가에 서서
그가 앉던 자리에 앉아서
그가 보았던 것들이 무엇일까
처음으로 궁금했다

빨강 아니면 흰색 옷이 좋다던 아버지
비가 갠 날이면 뒷산 솔숲으로 버섯을 따러 가시던
아버지

넓적한 잎에 빨간 산딸기를 따오는 날이면
유독 내 이름을 크게 부르시던 아버지
혼내기보다 먼저 눈물을 보이던 아버지
평생을 전쟁터에서 돌아오지 못한 형을 기다린 아버지
아버지 세 살 때 돌아가셨다는
얼굴도 기억나지 않는 어머니가 그리워 울던 아버지
두 아버지와 두 어머니를 두고도 갑절로 외롭던 아버지
농사꾼답지 않게 아침잠이 많아 핀잔을 듣던 아버지
내가 태어난 게 너무 좋아 뒤꼍에서 춤을 추었다는
아버지
급히 가면서도 나쁜 기억들은 꼼꼼히 다 챙겨 가신
아버지

아버지 돌아가신 날
가슴을 여며주던 단추가 떨어졌다
아버지와 함께 돌던 마루의 시계가 멈추었다

내가 아주 슬플 때 아버지는 가셨다

마치 미리 알고 계신 것처럼

가슴을 풀어헤치고

더 큰 슬픔으로 그깟 것 흘려보내라고

서둘러 떠나셨다

사람들은

아버지가 복이 많아

주무시듯 조용히 가셨다고

오복 중에 하나를 타고나셨다고 하지만

나는 안다

아버지가 나 때문에 서둘러 가셨다는 걸

맘껏 울라고

갈라진 발뒤꿈치로 서둘러 떠나셨다는 걸

파블로프의 개

분노에 의지해
슬픔에 의지해 살 수도 있다
죽은 듯이 살 수도 있다
절망은 인간의 특징이니까
그러나 자유 없이 살지는 말자
의자에 묶여 책상에 묶여
밥줄에 묶여서
파블로프의 개가 되지는 말자

평생을 종소리에 반응하며 살 수도 있다
한껏 뻐기며 짖고 살 수도 있다
착각은 인간의 자유니까
그러나 유사품에 속지는 말자
우월감에 빠져 최면에 빠져
갑질을 하면서
진정 자유롭다 하지는 말자

지평선

땅과 하늘이 만나
길게 드러누웠네

싫어하는 줄 알았더니
이렇게 가까웠구나

찰싹 달라붙어
떨어질 줄 모르네

사랑을 고백하러 갈 때처럼

사랑을 고백하러 갈 때처럼
작은 친절을 베풀 때에도
거절당할 준비를 하고 가라
나는 좋아도 상대는 싫을 수 있으니

좋은 마음으로 다가갈 때에도
거부당할 준비를 하고 가라
절반의 가능성으로 가라
나는 그래도 상대는 아닐 수 있으니

상처받지 않기 위함이 아니다
안전하기 위함이 아니다
우주가 우주를 두드릴 때에는
우주를 우주로서 대우해야 한다

커피를 마시는 이유

커피를 마시는 이유는
내가 너무 밝기 때문이야
밤기차를 타본 사람들은 알지
유리창에 자기 모습이 비치는 건
바깥보다 안쪽이 더 밝아서라는 걸

내가 커피를 마시는 이유는
마음의 조명을 조금 더 낮추고
보이지 않는 것을 보기 위해서야
밝을 때에는 숨어있던 수줍음들이
어둠에는 조금씩 나오기 시작하거든

바깥을 밝힐 수 없으니까
반대로 나를 어둡게 하는 거야
커피를 내리듯 마음을 거르는 거지
이것이 단것을 좋아하면서도

내가 커피를 마시는 이유야

널 보기 위해 나는 커피를 마셔
어두울수록 마음의 눈이 떠지니까
너를 밝힐 순 없지만 너보다
더 어두워져서 나보다 빛날 수 있게
내가 너무 밝아 너를 못 보는 거니까

나무가 구불구불 자라는 것은

나무가 구불구불 자라는 것은
비뚤어지기 위해서가 아니다
음지에서도 빛을 찾아가느라
그런 것이다

정물화

스스로 움직이지 못하는 물체들을 놓고 그린 그림

스페인어로는 죽은 자연이라고 한다

정물화를 보고 있으면 마음이 편안해지고 안정감이
든다

기쁘고 슬픈 표정이 없어도 보는 이로 하여금 그러한
감정을 느끼게 한다

사람들이 왜 정물화를 보는지 알겠다

삶의 한 부분으로서 죽음을 보는 것이다

5부

그림자

길을 나서면
그림자가 따라 나선다
그림자는 아무리 밟아도
부서지고 깨지는 게 없다
상처를 줄 수 없는 것은
상처받지도 않는다는 듯이
아픈 시늉 하나가 없다
한 발 다가서면 한 발 멀어지고
한 발 물러서면 그만큼 다가온다
그래야 상처받지 않는다는 듯이
우리의 거리는 딱 그만큼이라고
선을 긋는다
사람들이 모두 상처받지 않기 위해
그림자가 되었나 보다
맑은 날에는
먼저 따라나서던 그림자도

내가 나를 위해 울어주는 것밖에는

아무것도 할 수 없는

흐린 날에는

코빼기도 보이질 않는다

모르는 번호

휴대폰에 모르는 번호가 찍혀있다

다른 세상에서 보내온 신호다

모르는 것은 나를 자극한다

아는 세상에서는 알 수 없는 짜릿함이

몸을 흥분시킨다

누굴까

잘못 온 것일까

기다리는 거기일까

모르는 번호를 가진

아는 사람일까

당장 확인해볼까

조금 더 기다려볼까

미지의 세계와 통하는

티켓을 손에 쥐고

나는 자꾸 모르는 번호가 된다

모르는 것에 민감한 건

고독한 사람의 특징

다른 세상에서 날아든 불발탄을 맞고

온몸이 비상을 건다

사골국물

소뼈를 밤새 물에 담가 핏물을 뺀 후에
여덟 시간 가량을 끓여서 가지고 가면
그냥 몸만 와 이런 거 해오지 말어
하시면서도 맛있게 드신다

고등어를 구워서 상에 올려놓으면
환갑도 훨씬 더 지난 큰아들이
잘 먹는 것을 보시고는
예전에는 비린 게 좋더니 지금은 싫다
하시면서 젓가락도 안 대신다
이제는 안 그러셔도 되는데

가끔 엄마를 보고 있으면
뼛속 깊은 곳에서 우러나오는
진국의 사랑법을 가르쳐주시려고
육체의 고통을 견디며 버텨주고 계시나 보다

하는 생각이 든다
내가 아직도 사랑에 많이 어리므로

성인식

배신에 몸부림치는 당신을 안으며
사랑하는 일 만큼이나
인생에서 겪어야 할 일이 있다면
배신이라고 말을 한다
누군가를 믿는다는
그 힘든 일을 하였으니
참으로 대단하다 칭찬을 한다
예수의 사랑이 부족해서
유다가 스승을 팔아넘긴 게 아니듯
사람의 관계에는
신조차 어쩌지 못하는 부분이 있다고 말을 한다

하지만
배신을 당하고 나면
예전의 삶으로는 돌아갈 수 없다는 말은
하지 않았다

예수도 배신을 당하고 나서야

신으로 부활했듯

실패를 모르는 그 칼에

깊숙이 찔리고 나야

믿는 일을

제대로 할 수 있다는 말도

하지 않았다

지하철 종로3가역

오전 10시
인천 가는 길
종로3가역에서 1호선으로 갈아타기 위해
인천행 전철을 기다린다
이번 열차는 수원행
다음 열차가 인천행이다
승강장에는 중년의 여자와 나
초로의 남자 셋이다
남자는 혼자서 중얼중얼
알아들을 수 없는 말을 횡설수설하고 있다

"청량리 가려면 어디로 가야 돼요?"
초행인 듯 여자가 묻는다
"반대방향에서 타셔야 해요."
"어떻게 건너가야 할지 몰라서……."
여자가 말끝을 흐린다

"청량리는 저-쪽으로 내려가서 건너가면 돼!"
갑자기 남자가 큰 소리로 끼어든다
여자에게 길을 알려주러 가는데
"뭘 쫓아가 그리로 해서 쭉 가면 되는데!"
하며 뒤통수에 대고 소리친다

여자가 떠나고 남자와 나 둘이다
횡설수설해도 공격적인 모습은 아니다
나는 책을 꺼내 읽기로 한다
"내가 아무리 정신병자라지만……."
남자의 소리가 또렷하게 들려온다
"비록 아침에 술을 좀 먹었지만……."
나를 보는 것도 아니면서
내 쪽의 허공에 대고 계속 말을 한다
"같이 살 때는 오빠라고 그러더니 오빠는 무슨…….
"쳇 서울역 가서 한 잔 또 해야지……."

눈으로는 책을 보면서도 귀를 열고
남자의 두서없는 말을 열심히 듣고 있는데
승객들이 늘어날수록
남자의 목소리가 작아진다
또렷했던 말투가 웅얼거림으로 바뀐다
수원행 열차가 들어올 때쯤 되어서는
중얼거림조차 잘 들리지 않는다
열차가 큰 입을 벌려 남자를 삼키고 떠나자
1호선과 3호선 5호선이 교차하는
지하철 종로3가역 승강장이 조용해진다

인천행 열차가 들어오면 나도 곧 떠날 것이다
소통에 서툰 한 남자와의 스침도 곧 잊힐 것이다
조금 불안한 친절에도 밝은 얼굴로 고맙다
말 한 마디 하지 못한 미련은 태워갈 것이다

안전선 안에 머물며 선을 지킨 걸 아쉬워하리라
서울역에 내려서도 남자는
자기를 피하는 사람들을 피해 허공에 대고
자꾸만 혼잣말을 토해내고 있을 것 같다
안전선을 넘어 와줄 누군가를 위해 용기를 내어

친절에 대하여

이런 경우는 처음이다
양손에 짐을 들고 있는 지인에게
도와주겠다 했더니 두 개의 짐 중에서
무거운 것을 건네준다
'뭐 이런 사람이 다 있나'
하는 생각이 드는 순간
상냥했던 마음은 사라지고
짐을 들고 가는 내내 화가 났다
처음부터 작은 걸 들어주겠다 했다면
이렇게 속이 부글거리지는 않았을 텐데
내가 베풀고자 하는 친절의 정도와
그가 원하는 친절의 크기가 다를 뿐인데
내 마음대로 친절을 베풀겠다 해놓고서
혼자 속으로 씩씩대고 있는 것이다

모카커피를 마시며

아라비아반도 예멘의 도시 모카에서
수도승들이 즐겨마시게 되면서
유명해졌다는 모카커피

고행의 사막을 건너는 별들에게
천국의 계단을 놓아주었다는
빨간 열매

모카커피를 마시며
명상 속에 침묵 속에 고요히 열리는
천국의 계단을 오른다

헛물을 켜다

일정한 수입 없이 그날그날 살아가고 있을 때
전 직장동료에게 일자리 추천을 받았다
그 일의 보수가 썩 좋다는 걸 알고는
마음이 붕 떴다
우선 어머니께는 보청기를 해드리고
내 몫의 생활비도 당당하게 내놓고
알뜰살뜰 적금을 들어 아파트분양도 받겠다고
이리저리 머리를 굴리며 씀씀이를 키우다 보니
어느새 그 많던 보수가 금세 모자랐다

왼손이 한 일을 행여 오른손이 모를까 봐
그동안의 활동을 깨알같이 적어서
이력서와 자기소개서를 써 보낸 후
아무리 기다려도 연락이 없다
며칠을 더 기다렸다 확인해보니
다른 사람이 오게 되었단다

나는 그대로이고 변한 건 없는데
내 것이었던 것을 빼앗긴 것 마냥
속이 쓰렸다

나를 추천해준 동료에게 부끄럽게도
나는 그 일의 엄중함보다
일자리의 조건에 마음이 더 끌렸다
좋은 보수에 높은 직책이라니
어느새 어깨에 힘이 들어갔다
시원하게 헛물을 켜고 나니 알겠다
내가 어떤 사람인가를
한바탕 백일몽을 꾸고 나니 알겠다
내가 그 자리에 가서는 안 되었다는 걸

천사를 찾습니다

2016년 2월 7일 까치들의 설날 아침
왕십리역 6번 출구에 내려와
가파른 계단을 오르던 고단한 이의 짐에
날개를 달아준
젊은 천사를 찾습니다

노모께 드릴 보약으로 가방의 반을 채우고
긴 겨울 어미가 읽을 이야기책과
먹거리로 가득한 무거운 가방을 들고
늙은 어미처럼 어느새
희끗해진 머리가 되어 계단을 오를 때
이미 한 번 넘어지고 온 길에서 만난
빛나는 천사를 찾습니다

올해 내 행운의 절반을 드린다는 기원밖에는
당신께 받은 친절 빚을 갚을 길이 없습니다

당신이 이미 행복한 천사라면
그 행복이 더 오래가기를
행여 힘든 시간을 보내는 역경 속의 천사라면
든든한 버팀목이 되어주기를
괜찮다며 뛰어 내려가는 뒷모습에 대고 빌었습니다
기쁜 소식을 물고 온다는 까치들의 설날 아침
당신은 따뜻함을 물고 온 새해의 천사입니다

왜 천사들이 고단한 이들 앞에 나타나는지를
이제는 알 것 같습니다
나도 당신처럼 힘겨운 이를 만나면
오늘의 빚을 갚으며 살겠습니다
나는 여전히 먼저 받아야만 베풀 줄 아는
작은 사람이지만
이제는 내가 찾고 있는 그런 사람이
내가 되어보려 합니다

절구를 찧으며

마루에서 마늘 종자를 까시던 어머니가
아함 하고 하품을 하시더니 느닷없이
아함 닷 되 쓰니 서 되 먹으니 불러
내리니 홀쭉 하신다
멀뚱히 쳐다보는 나에게
옛날에 절구를 찧으며 하는 소리로
곡식 닷 되를 찧어서
쓸어 담으면 서 되가 되고
그걸 먹으면 배가 부른데
아함 하고 하품을 하면
먹은 게 쑥 내려가서
배가 홀쭉해진다는 소리란다
하품만 해도 배가 금방 꺼지는 배고픔을
다이어트시대를 사는 나는
감사하게도 모르고 산다
절절한 배고픔에서 오는 감사도

당연히 모르고 산다
일용할 양식에 대한 감사의 기도는
잊은 지 오래다

시나위

동백이 피고지고

매화 벗 흐드러진

남도 땅 어느 따순 봄날

낙안읍성 객사 위로

액막이 음악 시나위가 울려 퍼진다

고정된 선율 없이 즉흥적이라

서양의 재즈와도 닮았다는

어쩌면 우리네 인생 같은

조용히 눈을 감는다

장구가락을 타고 대금이 울며

액운의 막힌 댐을 허물고 길을 튼다

미처 따라가지 못해 고여 있던 작은 액들은

아쟁이 뒤에서 아장아장 챙겨서 내보낸다

한순간 울컥하며 온몸을 휘저은

그건 뭐지

액들이 쓸려나간 자리에

징의 깊은 평화가 내려앉는다

간절한 것은 한 번으로도 충분하다

인생은 짧고 청춘은 더 짧으니
끝나버린 사랑일랑 얼른 털어버리고
행복해지기 위해 노력하라는 주문을 받는다

행복해지기 위해 다음 사랑을 위해
슬픔도 짧게 애도도 짧게 하다 보니
이상하게 사랑도 찔끔찔끔 하게 된다

무엇이든 찔끔찔끔 하다 보니
불행하지는 않아도 인생이 맛이 나질 않는다
실컷해보지 못한 미련에 조급함이 쌓여간다

사랑 한번 제대로 못해봤다는 생각이 밀려들면
인생은 짧고 젊음은 더 짧으니
행복해지기 위해 노력하라는 주문이 재촉을 한다

평생을 아파하겠다는 심정으로 아파하고
평생을 애도하겠다는 마음으로 슬퍼했다면
짧음들 속에서 긴 것으로 살 수 있지 않았을까

사랑 하나 제대로 하고 가는 게 인생인데
서둘러 애도를 끝마치려 해선 안 되는 거였다
간절한 것은 한 번으로도 충분한 거니까

자장면을 먹으며

흰 양이 내려와 설법을 들었다는 전설의 백양사
깎아지른 학바위 중턱 약사암에서
백양사 설화 벽화를 구경하고
아픈 사람이 마시면 병이 낫는다는 영천굴 감로수를
마신 후
가벼운 마음으로 돌아오는 길
기차를 기다리며
텔레비전에도 소개되었다는 자장면 집에서
수타 자장을 주문한다
우리보다 먼저 와 있는
고등학생으로 보이는 젊은 남자 손님 넷
잠시의 틈도 없이 수다를 떠는데
좆나와 씨발을 앞뒤로 번갈아 쓴다
"씨발 사랑니가 네 개나 났어 좆나 원시인 같어 씨발."
"아 씨발 군대 가기 좆나 싫어."
"씨발 오래 살면 뭐하냐? 솔직히 늙으면 아침에

일어나 텔레비전 보는 거밖에 더 있냐? 씨발 그게
사는 거냐? 좆나 짜증나 씨발…….”
　욕쟁이 아이들과의 동석
　야단을 맞으며 혼나며 먹는 자장면 한 그릇
　저 어린 양들이 제 발로 찾아가 듣고 싶은 설법이
있는 세상
　성숙한 어른들의 세상을 못 만들어서
　오래오래 함께 살고 싶은 어른이 못 되어서
　고개를 숙이고 꾸역꾸역 자장면만 먹는다
　입을 막으면 아이들의 질타가 안 들리기라도 한
것처럼
　자장면이 감로수라도 되는 것처럼

최선을 다하는 사람은 많다

최선을 다했냐 묻지 마라
경기장에서는 일등도 꼴등도
최선을 다한 것이다
일등과 꼴등 사이에 마치
최선의 노력이 있는 것처럼
말하지 마라

최선을 다하는 사람은 많다
앞서기 위해 최고로
최선을 다하는 사람은 많다
정작 자신의 경주는
시작도 하지 못하면서
최선을 다하는 사람은 많다

최선을 다했으니 되었다
하지도 마라

최선이 전부라 말하지 마라
자신에 대한 최선도 모르면서
경기장에 내몰려
최선을 다하는 사람은 많다

여름에서 가을로

여름에서 가을로 가는 다리 위에는
세상에서 가장 친절한 바람이 분다
가을이 오는 것이다 바람을 타고서

다리 위에서 숲을 바라보고 있으면
마치 해초들이 물결 따라 일렁이듯
온 숲에 바다를 풀어놓은 모습이다

물결과 바람결이 다리 위에서 출렁
바다와 숲이 자리를 바꾸는 것이다
여름이 춤추듯 바다로 떠날 수 있게

유언

나 죽거든
아버지 옆에 묻지 말고
훨훨 뿌려다오
답답한 유골함에 넣지 말고
훨훨 뿌려다오
죽어서도 불에 타는 게 무섭다던 분이
살아 하지 못한 이별
죽어 한다 하신다
살아 얻지 못한 자유
죽어 누린다 하신다
죽음은 그런 것인가
마지막 소원 하나로
돌아가는 것인가

작은 풀꽃도 지레 지지 않는다

— 장영우·문학평론가

작은 풀꽃도 지레 지지 않는다

윤서주의 『히말라야』에 실린 시편은 현란하되 소통이 불가능한 조어造語나 억지에 가까운 비유로 독자를 고문하지 않는다. 그의 시는 쉽고 편하게 읽히면서, 잔잔한 감동의 파문을 일으킨다. 그것은 마치 "빗방울 떨어지는 곳마다/동그라미 하나씩/동글동글 그려" 마침내 "호수를 가득 채우며/호수가 되"(「호수에 내리는 비」)는 형국과 유사하다.

　　윤서주 시가 이처럼 작은 빗방울 하나가 호수 전체에 커다란 원을 그리듯 독자의 공감을 이끌어내는 것은 전적으로 진솔하면서 담담한 어법語法에서 기인한다.

　　너무나 오랫동안 쓰지 않아서인가
　　아직 새것인데도
　　잉크가 나오지 않는다

　　흰 종이에 마구 줄을 그어 댔더니

그제야 조금씩 나오다 말다
굳었던 몸을 풀어낸다

몸 안 가득 푸른 잉크를 품고서도
스스로 굳어가야 했던 볼펜은
그동안 얼마나 힘들었을까

— 「볼펜」, 부분

　위 시는 누구나 한 번쯤은 체험했을 소소한 사건을 있
는 그대로 서술한 작품이다. 새로 사 놓고 한동안 쓰지 않
아 글씨가 써지지 않는 볼펜 때문에 짜증을 냈던 일은 너
무 사소하고 미미한 일상의 일부여서 이야깃거리도 되지
않는다.
　하지만 윤서주는 이런 볼펜 사건을 통해 능력은 있으나
사회에서 쓰임을 받지 못하는 수많은 사람들, 특히 직장
생활을 하다 가사나 육아 등 개인적 일 때문에 오래 쉬었
다 다시 사회생활을 하고 싶어 하지만, 사회 제도와 관습
의 완강한 벽에 부딪혀 좌절하는 여성들의 '불편'하고 '답
답한 속사정을 볼펜에 기대어 비유적으로 토로하고 있다.
　윤서주 시 어법이 일견 단순하고 평범해 보이면서도,

만만치 않은 공감과 여운을 만들어내는 게 우리의 일상적 체험과 깊이 관련되어 있기 때문이다.

그의 시는 자신의 체험을 특별한 의장意匠이나 현학미를 뽐내지 않고 진솔하게 드러내면서도, 그 속에 웅숭깊은 삶의 내력과 성찰이 내장되어 독자의 공감을 유발하는 것이다.

누구나 그랬을 테지만, 젊은 시절 「히말라야」 시편의 화자 역시 "특별한 존재가 되고 싶다"는 창대한 포부를 가지고 세상에 뛰어들었다가 "거대한 수직의 벽"에 가로막혀 모험을 중단한다. 이때 "거대한 수직의 벽"은 온갖 제도와 관습 등 얼핏 보면 우리 사회를 지탱하는 보호막 같지만 실제로는 청년의 창의적 사고와 도전을 가로막는 장애를 가리킨다.

나이가 들어 삶에 대한 연륜과 사색이 쌓이고 깊어지면서 "벽이라 생각했던 것이 사실은 문"(「거대한 문」)이란 사실을 깨닫기는 해도, 새로운 모험을 단행하기란 결코 용이하지 않다. 하지만 「히말라야」 시편의 화자는 멈췄던 도전을 다시 시작할 용기를 포기하지 않는다.

그에게는 "끊임없이 잘리고 잘려도/끊임없이" 자라는 손톱처럼 자신의 내면에 "산처럼 거대한 원시의 힘이/꿈틀"(「손톱」)거리고 있음을 스스로가 제일 잘 알고 있기 때문이다. 그도 한때는 일용할 양식과 잠자리를 주는 권력자를 위해 충직한 개처럼 "꼬리치며 살았"지만, 그 삶이 "편하지 않"아 들개가 되기로 결심하고 과감히 목줄을 끊고 자립한다. 그러자 삶이 고통스럽고 신산스럽게 변한 게 아니라, 거꾸로 이제까지 자기보다 우월한 위치에 있다고 생각했던 사람들이 "들에서 나를 만나면 두려워"한다. 왜냐하면 그는 더 이상 권력자의 사랑과 관심을 기대하며 비대발괄하던 과거의 애완견이 아니라, 그들과 당당히 눈을 마주칠 수 있는 "대등"(「들개」)한 존재로 거듭났기 때문이다.

그렇다고 윤서주 시의 화자가 자기 존재를 영웅처럼 과시하는 것은 아니다. 오히려 그는 자기가 누구의 눈에도 쉽게 뜨이지 않는 작은 풀꽃처럼 작고 미미한 존재라고 겸손해한다.

버스정류장 귀퉁이에
하얀 냉이꽃이 피더니
밤이 되어도 지지 않는다
이렇게 추운데
작은 잎으로 언 땅을 짚고

겨울을 녹이며

꽃대를 뽑아 꽃을 피우고는

찬비가 오고 바람이 불어도

지지 않는다

떨어지고 꺾일지언정

스스로 지기 전까지

작디작은 풀꽃도

지레 지지 않는다

— 「냉이꽃」, 전문

냉이는 겨울이 물러갈 무렵, 들판을 가장 먼저 초록빛으로 물들이는 두해살이 풀이다. 한국 여인들은 이른 봄이면 들판에 나가 냉이와 쑥 등을 캐 싱싱하고 맛있는 반찬으로 요리해 밥상에 올렸다.

냉이는 들판에만 피는 게 아니라 "버스정류장 귀퉁이" 같은 전혀 어울리지 않는 곳에도 뿌리를 내릴 만큼 강인한 생명력을 가진 식물이다.

그처럼 강한 생명력을 가지고 있기에 냉이꽃은 인간이 캐거나 스스로 수명이 다해 시들기 전까지는 어떤 외부 압력에도 꺾이거나 사라지지 않는다.

그것은 동토凍土에서 작은 씨앗 속의 배아胚芽를 품고 견디 마침내 새싹을 돋운 강인한 생명력에서 비롯한다. 그 힘은 삼칠일 동안 어두운 굴속에서 마늘과 쑥만 먹고 인고하여 드디어 여성의 몸으로 환골탈태한 곰의 신화에 뿌리를 둔 것이다.

윤서주 시의 화자는 자신을 작은 냉이꽃으로 치환하고 있으나, 그의 배포는 냉이꽃과는 비교할 수 없을 만큼 크고 우람하다. 사람은 누구나 "위로 위로만 곧게 곧게 자라고 싶"어 하지만 "때로는 휘어서 때로는 굽어서"(「늙은 나무의 노래」) 갈 수밖에 없는 곤란한 처지에 놓일 때가 많다. 그런 위기의 순간에 윤서주 시의 화자는 "바닥을 사는 일은/삶의 끝이 아니라/시작을 사는 일"(「밑바닥」)이란 역설적 발상으로 바닥을 차고 화산처럼 용출聳出한다.

그를 바닥에서 용출하게 하는 근원적인 힘은 정직하고 성실하게 살아가는 사람을 홀대하고 모욕하는 사회에 대한 순수한 분노다.

분노는 저렇게 폭발하는 것이다
위로
더 위로

저것이 분노의 방향이다

—「화산」, 전문

자기보다 힘없고 약한 사람에게 화를 내는 것은 분노가 아니라 보복이다. 정직한 분노란, 위 시 구절처럼 "위로/더 위로" 온 힘을 다해 용출涌出하듯 솟아오르는 것이다. 그것은 "세상의 중심이/내가 아니"지만, "나의 중심은 나"(「세상의 중심」)이고, "삶은 돌이 아니라(……)/돌을 밀러 올리는 나"(「시지포스 오디세이아」)라는 사실을 확고히 깨달은 자만이 행할 수 있는 자신감의 발로이다.

그리스 신화에서 시지포스(Sisyphus, Sisypos)는 '교활한 인간'의 대표격이란 오명을 쓰고 있지만, 관점을 달리해 보면, 그는 신마저 농락할 정도로 현명하고 지혜로운 인간이다. 그가 바위를 산 정상까지 밀어 올리는 영원한 형벌을 받은 이유는 제우스가 보낸 사신死神마저 속여 지상에서 죽음이 사라지게 했기 때문이다.

알베르 카뮈(Albert Camus)는 시지포스가 영원히 바위를 밀어 올리는 행위를 인간의 숙명, '부조리'로 풀이했거니와, 윤서주는 거기서 한 걸음 더 나아가 문제는 '돌'이 아니라 그 '돌'을 밀어 올리는 '나'의 마음에 달려 있다고 갈파한다. 그것은 마치 "모든 게 내 마음에 있다(一切唯心造)"의 경구를 떠올리게 한다.

윤서주 시의 화자는 자신을 가리켜 "신의 실수"로 만들어진 "뾰족한 돌 하나"라 지칭한다. 그가 "신의 실수"인 까닭은 "신이 원하시는 동그란 완벽보다/자기다운 뾰족함이 좋다고" 자기만의 삶을 고집하기 때문이다. 하지만 자기만의 뾰족한 삶을 살기 위해서는 "신의 사랑은 포기해야" 한다. 그것은 따뜻한 밥과 잠자리를 포기하고 '들개'의 삶을 선택한 「들개」의 화자와 동일한 삶의 태도다.

뾰족하게 살려면
신의 사랑은 포기해야 합니다
돌은 마음의 거울인 고독에게 묻기로 합니다

그때 주변을 서성이던 두려움이 다가옵니다
자신 있어? 할 수 있겠어?
불안도 슬그머니 돌의 어깨를 짓누릅니다

자신을 믿어봐
언제나 처음은 두려운 거야

작고 나직한 고독의 소리도 들려옵니다

돌은 몸부림칩니다
때로는 두려움과 불안으로
때로는 더욱 뾰족해지기 위하여

어느 날
뾰족한 돌 하나가 세상에 나옵니다
신이 보시기에 좋았습니다

— 「히말라야」, 부분

버스정류장 부근에 핀 작은 냉이꽃이 지구에서 가장 높고 우람한 히말라야로 변신하는 이 놀라운 상상력과 배포를 보라. 윤서주가 자신의 첫 시집 표제標題를 굳이 '히말라야'라 정한 까닭을 조금은 이해할 수 있지 않은가.

그는 우리 사회의 한 귀퉁이에서 이름 없는 존재로 냉이꽃처럼 살아왔을지 모르나, 이 세상 그 누구에게도 지지 않을 가장 순결하고 드높은 정신세계를 구축해온 것이다.

윤서주의 『히말라야』에서 가장 빈번하게 등장하는 주제는 '사랑'이다.

사랑은 무엇입니까
마음을 쓰는 것입니다

시란 무엇입니까
마음을 쓰는 것입니다

마음을 쓰는 건 무엇입니까
몸을 쓰는 것입니다

— 「마음을 쓰자」, 전문

　이 시는 특별한 시적 의장意匠이나 기교 없이 담백한 질
문과 답변의 삼단 구성으로 이루어져 있다. 사랑은 마음
을 쓰는 것이며, 시 또한 마음을 쓰는 것이란 언술에는 특
별히 새로운 의미나 내포가 숨겨져 있는 것 같지 않아 아
쉬운 마음이 들 정도다.
　그런데 마음을 쓰는 것은 곧 몸을 쓰는 것이란 마지막
구문에 이르면 절로 무릎을 치게 된다. 사랑이 마음에서
비롯되는 것이란 사실을 모르는 사람은 없을 터이다. 그
러나 마음으로만 사랑하고 그것을 실천하지 않으면 그 사
랑은 공허한 것이 될 수밖에 없다.

비근한 예로, 누군가를 짝사랑하는 사람이 자신의 마음을 상대에게 전달하지 않으면, 상대가 그의 사랑을 알아챌 수 없는 것과 같은 이치다. 시 또한 그와 같아서, 혼자 생각으로 시상詩想을 떠올리고 실제로 작품을 쓰지 않으면 그 시는 존재하지 않는다.

우리의 생각은 모두 언어와 이야기를 통해 구체화·실재화된다. 나의 특별한 체험이나 기발한 상상도 그것을 말로 표현하지 않으면 그것은 무無일 뿐이다.

사랑은 실천이다. 그리고 사랑은 상대가 아닌 나를 바꾸는 것이다.

처음에는
내 맘대로 하고 싶더니

나중에는
네 맘대로 하고 싶다

사랑은 마술이구나
내 맘을 네 맘으로 바꾸는

—「사랑의 마술」, 전문

사랑은 상대를 존중하고 배려하며 그를 온전히 받아들이는 아름다운 실천 행위다. 처음에는 상대가 자기에게 맞춰주기를 바라지만, 진정 상대를 사랑하는 단계에 이르면 거꾸로 모든 것을 그에게 맞추려 노력하는 게 사랑의 원리다.

그런 점에서 마지막 연은 '사족蛇足' 같아 보이기도 하지만, "사랑은/보석이 아니라/보석함이 되는 것"(「그릇」)이란 또 다른 시 구절과 대비하면 그 의미가 보다 확연해진다. 고추장이든, 된장이든, 꿀이나 밥이든, 그것이 온전한 맛과 형체를 유지하기 위해서는 그것을 담는 '그릇'이 있어야 한다. 그럼에도 대부분의 사람들은 고추장·된장·꿀·밥 등에만 신경 쓸 뿐 그것을 담고 있는 '그릇'에는 특별한 관심을 기울이지 않는다. '그릇'이 있어야 사물이 온전히 제맛과 형체를 유지할 수 있듯, 사랑이 지속되기 위해서는 자기주장을 앞세우기보다 상대 말에 먼저 귀 기울이고 그 의견에 동조해주는 유연한 태도가 필요하다.

윤서주가 바라본 가장 크고 아름다운 사랑은 하늘과 땅의 만남인 것 같다. 오랫동안 하늘과 땅은 가장 이질적인 것의 대명사로 여겨져 왔다. 그리고 그것은 영원히 만나거나 화합할 수 없는 사물이나 정신의 객관적 상관물로

사용되어 왔다. 그런데 비록 우리 인간의 착시 현상이긴
하지만, 하늘과 땅이 만나는 지점이 있다. 그것을 우리는
'지평선'이라 부른다.

땅과 하늘이 만나
길게 드러누웠네

싫어하는 줄 알았더니
이렇게 가까웠구나

찰싹 달라붙어
떨어질 줄 모르네

— 「지평선」, 전문

위에서 말했듯, 실제로 하늘과 땅이 일치하는 일은 발
생할 수 없다. 그러나 광활한 평야지대에서는 하늘과 땅
이 완전히 합치되는 것 같은 현상을 실제로 목도할 수 있
다. 물론 우리는 그것이 과학적 사실이 아니라는 것을 알
지만, 그것을 하나의 현상으로 받아들인다.
　사랑도 과학적 사실이 아니긴 마찬가지여서, 전혀 이질

적인 것이나 극단적으로는 적대적인 관계마저 포용할 수 있는 놀라운 힘을 가지고 있다. 하지만 그런 절대적 사랑은 많은 인내와 고통을 수반한다. 우리는 그런 절대적 사랑보다는 작고 소박하더라도 마음 편한 사랑을 소원한다. 윤서주는, 그러한 사랑은 바다와 물고기, 혹은 설탕과 커피의 관계처럼 자연스럽거나 절묘한 조화를 이룰 때 가능하다고 주장한다.

나는 물고기인가 봐
너는 넓은 바다이고

너 없이는 한순간도
살 수 없는 걸 보면

네 안에서만 이렇게
자유로운 걸 보면

———「물고기와 바다」, 전문

네 덕분에 커피의 쓴맛도 즐기게 되었다
네가 나의 삶 속으로 녹아들 수 있다면
인생의 어떤 쓴잔도 두렵지 않겠다

———「설탕」, 전문

'나-너'의 관계가 '물고기-바다'와 같다면 이 세상은 지극히 평온하고 자유로울 것이다. '나-너'의 관계가 갈등과 불화를 일으키는 가장 큰 이유는, 서로 '물고기'가 되어 '바다'의 넉넉함을 받기만 하려는 이기심 때문이다. 그렇다고 "내가 바다 할 테니 너는 물고기 해라"라고 말할 큰 사람은 이 세상에 존재하지 않는다. 다만, 내가 사랑하는 이가 '바다'라고 생각하는 것만으로도 두 사람의 관계는 아름답게 유지될 수 있다.

나는 하루에 한 잔 정도 커피를 마시지만, 설탕은 넣지 않는다. 그렇다고 설탕 넣은 커피를 기피하는 것은 아니고, 취향에 따라 설탕 넣지 않은 커피를 마시는 것일 뿐이다. 그러나 설탕 넣지 않은 커피의 쓴맛이 싫은데도 억지로 그렇게 마실 필요는 없다. 많은 사람이 커피에 설탕을 넣어 마시는 데서 알 수 있듯, 커피와 설탕은 서로 잘 어울리는 관계라 할 수 있다. 설탕을 넣어 커피의 좀 더 깊고 그윽한 맛을 즐길 수 있다면 그것은 금상첨화일 것이다. 이처럼 사랑은 하늘과 땅처럼 극단적으로 다른 존재와의 만남일 수도 있고, 물고기와 바다처럼 지극히 당연한 관계일 수도 있으며, 커피와 설탕처럼 서로를 보완할 수 있는 조화로운 관계일 수도 있다. 윤서주는 서로 다른 세 유

형의 사랑을 쉽고 간결한 어조로 정의하고 있는 것이다.

시를 쓸 때

꽃이라는 명사 앞에

아름답다는 형용사를 붙이면

식상해진다고 합니다

밤하늘을 수식하는 어둡다는 표현처럼

그러나 어찌

사랑하는 당신을 당신이라고만

부를 수 있겠습니까

조금은 식상해도

사랑하는 당신이라고 부를밖에요

백야를 보내고 있는 사람에게는

어두운 밤이 식상하지 않을 것입니다

벌과 나비가 날아드는 꽃이 아니라

파리를 끌어들이는 시체꽃을 본다면

아름다운 꽃은 식상하지 않을 것입니다

사랑하는 사람에게는

사랑하는 당신이 식상하지 않은 것처럼

꽃을 보며
'아, 아름답구나' 하는 경탄은
천 번 만 번 되풀이되어도
식상하지 않습니다
내가 당신을 부를 때
사랑하는 당신이라 부르는 것을
지겨워하지 않는 것처럼
무언가가 식상해졌다면
그것은 표현 때문이 아니라
마음이 보이지 않아서겠지요

—「천 번 만 번 되풀이 되어도」, 전문

이 시를 길게 전문을 인용한 것은, 이 시가 윤서주의 '사랑론'인 동시에 '시론詩論'이라 생각하기 때문이다. 윤서주는 사랑하는 사람을 '사랑하는 당신'이라 부르지 않고 현란한 수사와 비유로 치장하는 것은 사랑의 순수성을 왜곡하거나 폄훼하는 것이라 생각하는 것 같다. 우리는 그의 시가 대체로 간결·직절한 어법으로 핵심만 꿰뚫는

특질을 지니고 있음을 보아왔다.

윤서주는 사랑과 시가 식상해지는 이유가 "표현 때문이 아니라 마음이 보이지 않아서"라고 설명하지만, 그가 「마음을 쓰자」에서 강조했듯이, '마음' 못지않게 중요한 게 '몸', 즉 '실천'이다. 그리고 그 '실천'은 사랑하는 사람과 시를 읽는 독자에게 자기 마음이 정확하고 진실되게 전달할 수 있게 하는 '방법'이고, 그 '방법'이 전적으로 '언어의 운용'에 의해 이루어질 것은 두말할 필요조차 없다.

동서고금의 모든 연인과 시인이 '사랑하는 당신'이란 자기 마음을 전달하기 위해 무수히 많은 수사와 조사措辭를 차용해온 것도 상투성(cliché)의 식상함을 피하기 위해서만이 아니다. 연인과 시인은 상대에게 자기 마음을 좀 더 정확하게 알리기 위해 수많은 밤을 새워 자기만의 표현을 창작해내는 것이다.

윤서주 시는 버스정류장에 문득 피어난 한 송이 하얀 냉이꽃 같은 것인지 모른다. 그러나 그의 정신세계는 지구에서 가장 높은 산 히말라야처럼 짱짱한 오기로 빛난다. 특별하고 괴기한 상상력이나 비유에 기대지 않고 무덤덤하게까지 느껴지는 그의 시가 좀 더 단단하게 영글고 큰 파장을 형성하기 위해서는 '마음'만이 아니라 '표현'도

중요하다는 사실을 받아들여야 할 것이다. 하지만 이런 말조차 기우杞憂에 지나지 않을 터이다.

"시는 마음을 쓰는 것이며, 그것은 결국 몸을 쓰는 것"이란 자기만의 시론을 그는 이미 터득한 시인이기 때문이다.

히말라야

초판 1쇄 인쇄 | 2022년 10월 1일
초판 1쇄 발행 | 2022년 10월 7일

지은이 | 윤서주
펴낸이 | 권영임
편   집 | 조희림
디자인 | 박민수

펴낸곳 | 도서출판 바람꽃
등   록 | 제25100-2017-000089
주   소 | (03387) 서울시 은평구 연서로22길 16-5, 501호(대조동, 명진하이빌)
전   화 | 02-386-6814
팩   스 | 070-7314-6814
이메일 | greendeer@hanmail.net / windflower_books@naver.com
홈페이지 | https://blog.naver.com/windflower_books

ISBN 979-11-90910-05-7 03810

값 10,000원